獻給我非凡無比的經紀人Jen，她證明了一件事：
吹熄蛋糕蠟燭時許下心願，真的可以讓願望成真。 ●────── 「黛芙·沛堤」

獻給DT、TH、BF和PB，謝謝你們總是陪我一起吃蛋糕。 ●────── 「陳露絲」

文 / 黛芙·沛堤
圖 / 陳露絲
譯 / 謝靜雯
執行編輯 / 胡琇雅、倪瑞廷
美術編輯 / Xi
董事長 / 趙政岷
第五編輯部總監 / 梁芳春
出版者 / 時報文化出版企業股份有限公司
108019台北市和平西路三段240號七樓
發行專線 / (02)2306-6842
讀者服務專線 / 0800-231-705、(02)2304-7103

讀者服務傳真 / (02)2304-6858
郵撥 / 1934 - 4724
時報文化出版公司信箱 / 10899臺北華江橋郵局第99信箱
統一編號 / 01405937
時報悅讀網 / www.readingtimes.com.tw
法律顧問 / 理律法律事務所　陳長文律師、李念祖律師
Printed in Taiwan
初版一刷 / 2023年05月19日
版權所有 翻印必究
（若有破損，請寄回更換）
採環保大豆油墨印製

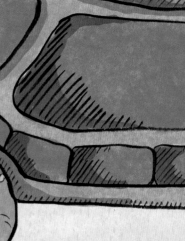

烏龜先生今年幾歲？

作者 ● 黛芙·沛堤 Dev Petty

繪者 ● 陳露絲 Ruth Chan

譯者 ● 謝靜雯 Mia Hsieh

各位朋友，
我有件事要宣布。

你今天幾歲啦？烏龜先生？

嗯……
我不知道耶。

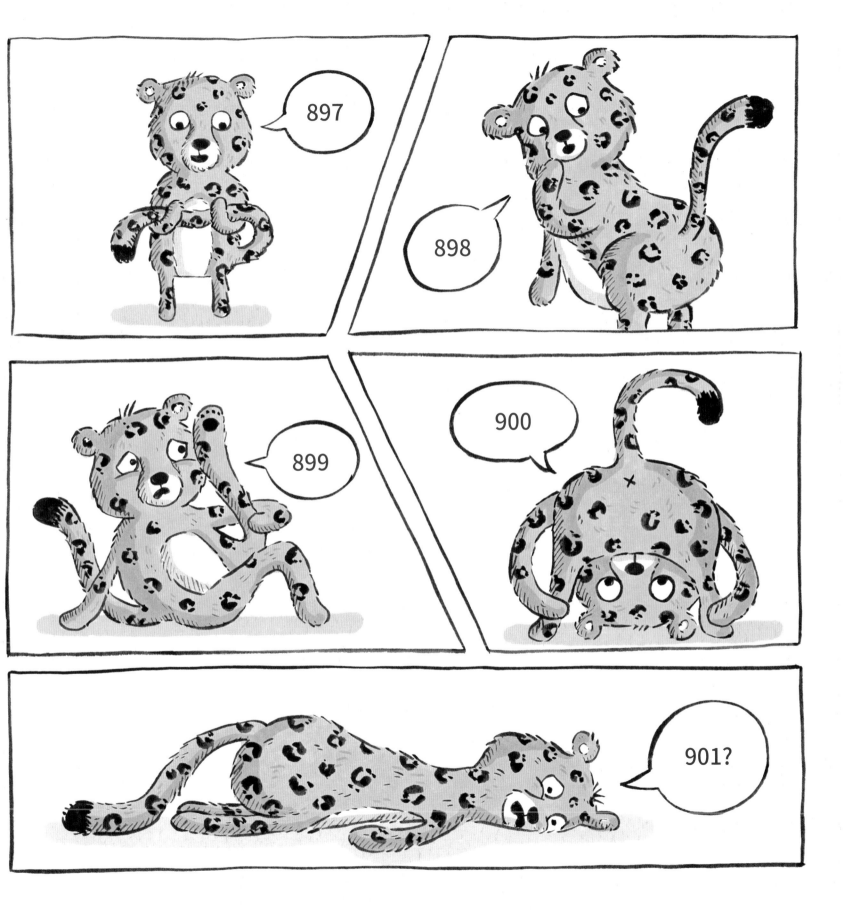

紳士高帽、
單片眼鏡、燈籠褲。
陽傘也非常流行喔。

好ㄏㄠˇ的ㄉㄜ。

那ㄋㄚˋ麼ㄇㄜ˙我ㄨㄛˇ們ㄇㄣ˙來ㄌㄞˊ插ㄔㄚ很ㄏㄣˇ多ㄉㄨㄛ蠟ㄌㄚˋ燭ㄓㄨˊ，

吃ㄔ很ㄏㄣˇ多ㄉㄨㄛ蛋ㄉㄢˋ糕ㄍㄠ吧ㄅㄚ。

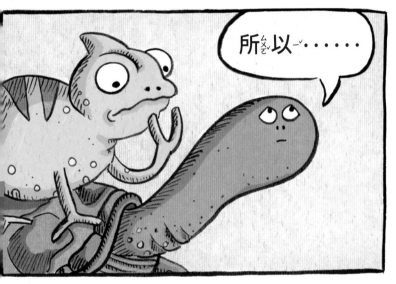

可是我們還是不知道要用多少根蠟燭才好。

這樣好了，我的好朋友們，為我插一根蠟燭，也為你們每個人各插一根蠟燭……然後大家一起把蠟燭吹熄。

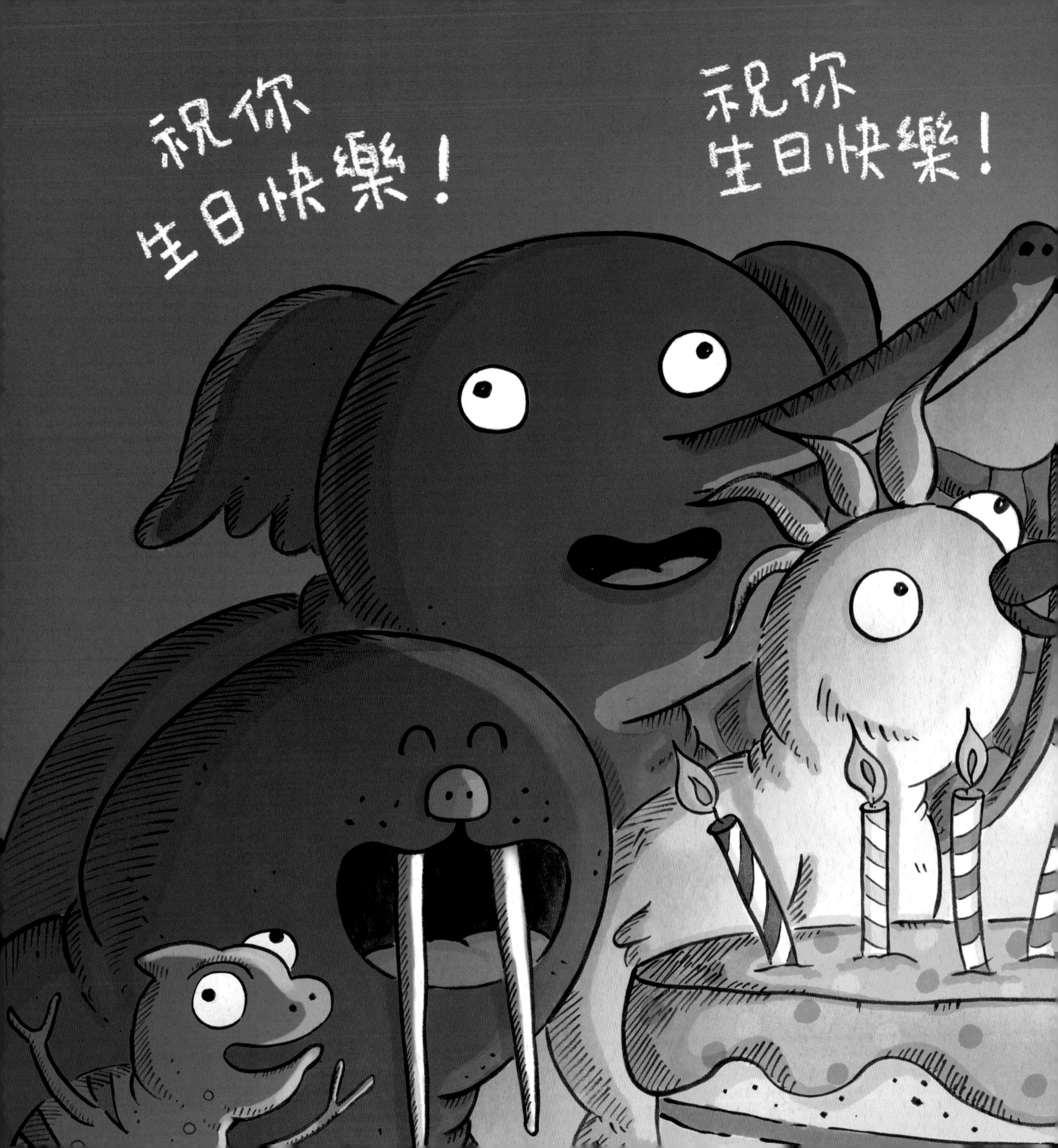
祝你
生日快樂！
祝你
生日快樂！

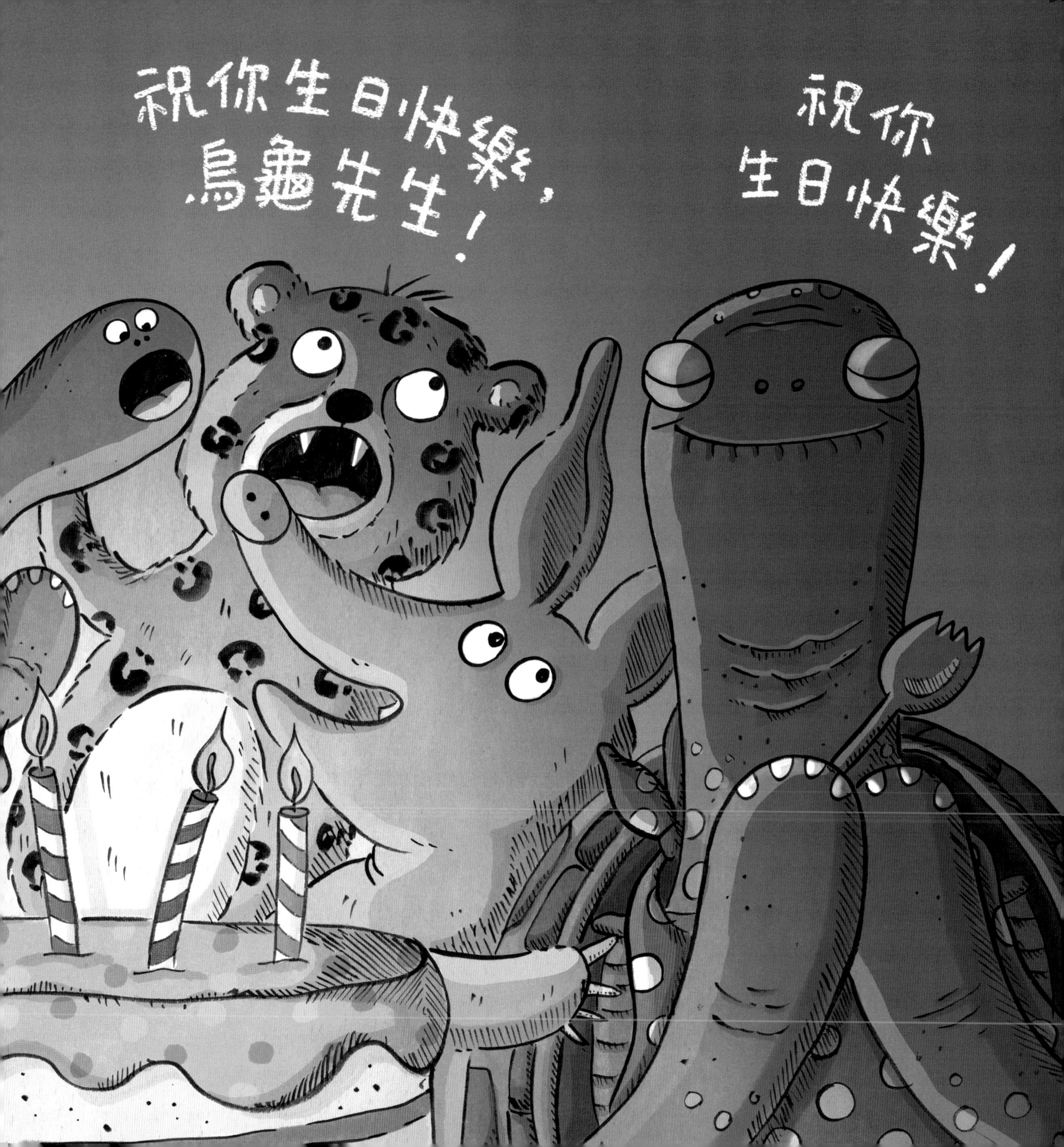
祝你生日快樂，烏龜先生！
祝你生日快樂！

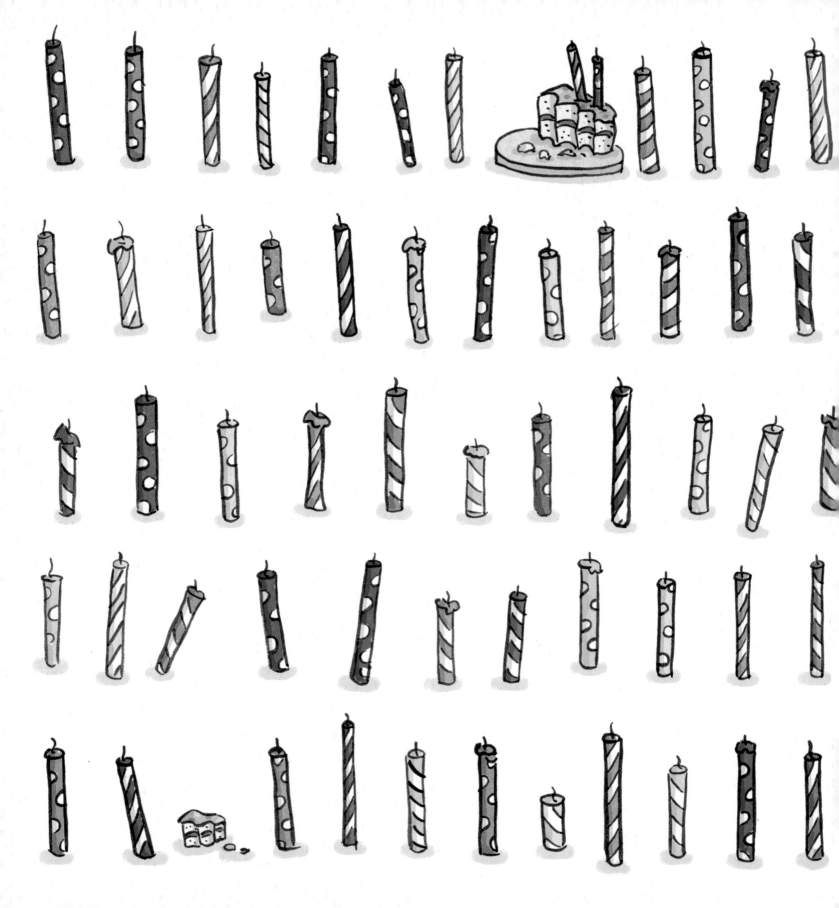